Vente des 24 et 25 mai 1901

HÔTEL DROUOT, SALLE Nº 11 A 2 HEURES

MEUBLES ANCIENS

des Époques XVIIIᵉ siècle et 1ᵉʳ Empire

MEUBLES DE STYLE

BEAUX MEUBLES DE SALONS

En ancienne tapisserie d'Aubusson

DU TEMPS DE LOUIS XV ET LOUIS XVI

BRONZES D'ART & D'AMEUBLEMENT

Louis XVI et 1ᵉʳ Empire

MARBRES

PORCELAINES, FAIENCES, OBJETS DE VITRINE

TAPISSERIES

ÉTOFFES — TAPIS D'ORIENT

Mᵉ LAIR DUBREUIL, Commissaire-Priseur

M. A. BLOCHE, Expert

EXPOSITION PUBLIQUE. — *Le Jeudi 23 Mai 1901, de 2 h. à 6 h.*

CATALOGUE

DES

MEUBLES ANCIENS

Des Époques XVIIIᵉ siècle et Iᵉʳ Empire

Secrétaires, Commodes, Armoires, Toilettes, Bureaux, Tables
Écrans, Glaces, Sièges divers

MEUBLES DE STYLE

DEUX BEAUX MEUBLES DE SALON

En ancienne tapisserie d'Aubusson du temps de Louis XV et Louis XVI

BRONZES D'ART & D'AMEUBLEMENT

Louis XVI et Iᵉ Empire

BELLE PENDULE — PAIRE DE BEAUX VASES Iᵉʳ EMPIRE

Cartels — Pendules — Groupes — Statuettes — Appliques — Surtouts de tables

MARBRES

PORCELAINES ANCIENNES

De Sèvres, de Paris et d'Allemagne

Vases, Groupes, Services à thé et à dessert, Plats, Soupières, Tasses, Soucoupes, etc.

Faïences, Objets de vitrine, Verrerie

TAPISSERIES ANCIENNES

ÉTOFFES BRODÉES, TAPIS D'ORIENT

dont la vente aux enchères publiques aura lieu

HOTEL DROUOT, SALLE Nᵒ II

LES VENDREDI 24 ET SAMEDI 25 MAI 1901

à deux heures

Mᵉ F. LAIR DUBREUIL	**M. A. BLOCHE**
COMMISSAIRE-PRISEUR	EXPERT
Successeur de Mᵉ G. Duchesne	Près la Cour d'Appel
6, Rue de Hanovre	28, Rue de Châteaudun, 28

EXPOSITION PUBLIQUE

Le JEUDI 23 MAI 1901, de 2 heures à 6 heures

CONDITIONS DE LA VENTE

La vente sera faite *expressément* au comptant.

Les acquéreurs payeront en sus des adjudications *dix pour cent*.

L'exposition mettant le public à même de se rendre compte de l'état des objets, il ne sera admis aucune réclamation une fois l'adjudication prononcée.

DÉSIGNATION

MEUBLES ANCIENS

et de style

MEUBLES DE SALONS ET SIEGES EN TAPISSERIE

1 — Beau meuble de salon, en bois sculpté et doré d'époque
Louis XV, garni en ancienne tapisserie d'Aubusson, composé de :
Un canapé à figures de guerriers et trophée dans un paysage et
six fauteuils à petits personnages et animaux, dans des encadrements à ornements et guirlandes de fleurs

2 — Joli meuble de salon en bois sculpté, peint noir rehaussé d'or,
d'époque Louis XVI, garni en ancienne tapisserie d'Aubusson, composé de 1 canapé et 12 fauteuils.
Les dossiers à petits personnages dans des paysages, les fonds à
figures d'animaux allégoriques aux Fables de Lafontaine, dans des
encadrements à draperies.

3 — Fauteuil en bois sculpté et doré garni en ancienne tapisserie au
petit point, représentant Moïse sauvé des eaux et des vassaux appor-
tant le tribut au Roi, XVIII siècle.

4 — Fauteuil en bois sculpté de style Louis XIV, garni en ancienne tapisserie d'Aubusson à corbeille de fleurs.

5 —- Tabouret de pieds de même style, couvert en ancienne tapisserie à corne d'abondance fleurie.

6 — Deux fauteuils en bois sculpté couverts en ancienne tapisserie au point et au petit point.
L'un d'époque Louis XIV, l'autre de style.

7 — Joli secrétaire en bois rose et palissandre à encadrements et ornements en bronze ciselé et doré d'époque Louis XV, dessus en marbre.

8 — Grande et belle console en bois sculpté et doré, sur quatre pieds à consoles et à griffes, entrejambe à coquille, bandeau à guirlandes de fleurs, travail italien du xviiie siècle.

9 — Bois d'écran sculpté et doré de même travail et de même époque formant encadrement placé entre deux montants.

10 — Pied de Lutrin en bois sculpté de forme triangulaire, décor à feuilllages, têtes d'anges et rinceaux, signé : I. GIRARD FECIT 1695.
Supportant un grand buste de femme couronnée de fleurs en faïence de Rouen sur socle marbré.

11 — Chaise longue en bois sculpté laqué blanc, d'époque Louis XVI, avec coussin en velours bleu.

12 — Belle armoire normande en chêne sculpté Louis XIV.

13 — Table à coiffer en marqueterie de bois rose, d'époque Louis XVI.

14 — Console Louis XVI en bois sculpté et doré, à tors de lauriers surmontée d'un trumeau à glace et guirlandes de fleurs.

15 — Table en chêne sculpté et doré, pieds à croisillon supportant un vase.

16 — Deux chaises en bois sculpté Louis XIV, garnies en velours de Gênes.

17 — Glace en bois sculpté et doré d'époque Régence, cadre partie en glace, fronton à mascaron.

18 — Deux fauteuils en bois sculpté et doré, garnis en soie fond crème à rayures et bouquets de fleurs. Époque Louis XVI.

19 — Petit fauteuil en bois sculpté de style Louis XV, couvert en soie brochée à bouquets de fleurs et rubans d'époque Louis XV sur fond bleu ciel.

20 — Petite table Louis XV à trois tiroirs en palissandre, à moulure de cuivre.

21 — Gaine en marqueterie de palissandre ornée de bronzes dorés, dessus en marbre brèche. Style Louis XV.

22 — Petit bureau plat en acajou à moulures de cuivre, pieds cannelés. Époque Louis XVI.

23 — Fausse cheminée en peluche rouge avec bandeau et montants
en ancienne broderie au passé à fleurs sur fond de satin bleu ciel.

24 — Écran en bois sculpté de style Louis XIV, feuille en ancienne
broderie au passé à fleurs et lambrequins sur fond de satin bleu
ciel.

25 — Petite commode Louis XVI en palissandre à trois tiroirs,
ornée de bronzes dorés.

26 — Armoire Louis XV en chêne sculpté.

27 — Meuble ancien hispano-mauresque.

28 — Paravent à quatre feuilles en bois de fer sculpté. Travail
chinois.

29 — Table rectangulaire en bois de citronnier, sur pieds à croi
sillons, dessus à fond de glace entouré d'une galerie en bronze
ciselé et doré. Époque Ier Empire.

30 — Glace Louis XVI en bois sculpté et doré à guirlandes de fleurs,
fronton à couronnes et branches de feuillage.

31 — Petite table jardinière en bois sculpté peint vert d'eau, parties
dorées, pieds cannelés. XVIIIe siècle.

32 — Fauteuil en bois laqué blanc garni en tapisserie au petit point à
fleurs sur fond blanc. Époque Louis XVI.

33 — Pétrin surmonté d'une huche à pains en bois sculpté, XVIIIᵉ siècle.

34 — Coffre Louis XIII en velours rouge, ornements en cuivre découpé à jour.

35 — Glace dans un cadre peint à fleurs.

36 — Chancellière en acajou sculpté à figures de cygnes. Epoque Iᵉʳ Empire. — Bidet en acajou orné de bronzes dorés, de même époque.

37 — Pendule en acajou à ornements de bronzes dorés et médaillon en Wedgwood.

38 — Pendule cartel en bois peint vert à feuillage doré, moulures de cuivre sur socle applique. Epoque Louis XVI.

39 — Meuble de salon d'époque Louis XV en bois sculpté et doré, composé de un canapé recouvert en soierie fond crème brochée à fleurs, de deux fauteuils et de trois chaises foncés de canne dorée avec coussins en soierie.

39 *bis*. — Console Louis XV en bois sculpté et doré à dessus de marbre.

39 *ter*. — Fauteuil d'époque Louis XV en bois sculpté et doré recouvert en soie brochée fond crème à fleurs, et chaise de même époque en bois sculpté et doré foncée de canne avec coussin en soierie.

BRONZES D'ART ET D'AMEUBLEMENT

CUIVRES, FERS, MARBRES

40 — Belle pendule en bronze ciselé et doré à sujet allégorique, socle
en marbre vert de mer à ornements et médaillon central à figure
de la Science contre socle en bronze, pieds à griffes. Époque
Iᵉʳ Empire.

41 — Paire de beaux vases en bronze, décorés au pourtour d'un cor-
tège antique en bronze doré, la gorge est ornée d'une guirlande à
ceps de vigne finement ciselée et dorée, anses en partie dorées
posant sur des mascarons à têtes d'hommes, culots feuillagés.
Époque Iᵉʳ Empire.

42 — Cartel en bronze doré formé par une statuette de femme drapée, supportant un cadran couronné par un aigle. Iᵉʳ Empire.

43 — Pendule de marbre blanc à pilastres ornés de cariatides de
femmes engainées en bronze doré, surmontés de chimères ailées,
cadran à draperies couronné par une figure d'aigle. Socle marbre
noir orné d'une frise en bronze doré. Époque Louis XVI

44 — Pendule d'époque Louis XVI formée par un cadran surmonté
d'un Soleil en bronze doré et placé entre deux pyramides de marbre
blanc, socle en marbre bleu turquin.

45 — Belle pendule forme vase en bronze doré à guirlande de feuillage et nœuds de rubans posés sur un socle orné de deux statuettes
d'amours allégoriques, cadran de *Marquis*. Style Louis XVI.

46 — Paire d'appliques en bronze doré formées par des vases de
fleurs suspendus à un nœud de ruban et se terminant par des
chutes de feuillages garnies de cinq lumières à rinceaux et mascarons. Style Louis XVI.

47 — Paire d'appliques à trois lumières en bronze doré, modèle à
carquois et guirlandes de fleurs. Style Louis XVI.

48 — Statuette en bronze : L'Arlequin de Saint-Marceaux. Édition
BARBEDIENNE.

49 — Pendule en bronze doré à figure de Psyché, socle à carquois et
médaillon à figure d'amour. Ier Empire.

50 — Statuette d'ange en bronze doré sur socle en marbre vert de
mer.

51 — Statuette de femme drapée en bronze doré, socle en marbre vert
de mer.

52 — Petit monument formé par une urne funéraire posée sur une
stèle à médaillon et draperie en bronze doré, socle en albâtre orné
d'une figurine d'amour et d'une statuette de jeune femme allégorique à la douleur en bronze doré. Fin Louis XVI.

53 — Statuette de femme allégorique aux Vendanges, en bronze doré
sur socle cylindrique à ornements en bronze.

54 — Petite pendule de chevet en bronze formée par une statuette
d'amour supportant le cadran. Ier Empire.

55 — Surtout de table en quatre parties, d'époque Louis XVI, en
métal argenté, galerie à balustres, fond à motif décoratif gouaché.

56 — Surtout de table en deux parties en bronze ciselé et doré, dessin à palmes, pieds à griffes, fond de glace.

57 — Presse-papiers en bronze doré à figure de lion couché, socle en marbre rouge.

57 bis — Paire d'appliques à deux lumières formées par des femmes ailées en bronze doré. Ier Empire.

58 — Paire d'appliques à trois lumières en bronze doré, modèle au carquois. Ier Empire.

59 — Paire d'appliques à trois lumières en bronze doré de forme circulaire, montants à palmes. Ier Empire.

60 — Support en bronze doré formé par trois dauphins, couvercle ajouré Ier Empire.

61 — Paire de candélabres à quatre lumières sur socles en forme de trépieds en bronze doré.

62 — Porte-montre en bronze doré à figure de Cygne, socle en marbre Ier Empire.

63 — Six blouses de billards en forme de cygnes en bronze doré Ier Empire.

64 — Quatre cariatides d'hommes en bronze doré XVIIIe siècle.

65 — Deux ornements en bronze doré Ier Empire.

66 — Presse à tapisserie en bronze doré, socle en acajou.

67 — Petite pendule en bronze doré offrant en relief, un cygne, des cornes d'abondance et des torches.

68 — Pendule forme fer à cheval à cadran mobile en cuivre peint à figure d'astrologue dans un paysage.

69 — Paire de chenets en bronze, lions couchés, ornements à chimères et coupes. Epoque Ier Empire.

70 — Pot à eau et son bassin en cuivre doré Ier Empire.

71 — Œil de bœuf en bronze Ier Empire garni en velours ciselé à décor de grecque.

72 — Plateau rond à fond de glace bordure en bronze ciselé et doré.

73 — Samovar en cuivre rouge sur socle en cuivre jaune ajouré, Ier Empire.

74 — Deux plateaux de service en tôle décorée

75 — Grande coupe ovale sur pied en métal argenté.

76 — Deux réchauds ronds en cuivre argenté.

77 — Deux seaux à rafraîchir en métal argenté, anses à mufles de lions.

78 — Paire de grands Landiers en fer, montants à boucles en cuivre.

79 — Buste d'homme Louis XV en marbre blanc.

80 — Buste de style Louis XV. Mad. de Châteauroux, en marbre blanc.

PORCELAINES FAIENCES

ANCIENNES PORCELAINES DE SÈVRES

81 — Sucrier, pot à crème, tasse et soucoupe à semis de roses et guirlandes de feuillage.

82 — Petite chocolatière décorée de roses et filets dorés.

83 — Deux petits seaux décor à semis de roses, bordure à guirlandes de lauriers anses dorées.

84 — Deux raviers oblonds à guirlandes de bleuets et rose au centre.

85 — Cinq assiettes à décor barbeau et rangs de perles en camaïeu violet.

86 — Assiette décorée au Marly de semis de fleurs et guirlande de feuillage, médaillon central à bouquet de roses.

87 — Trois assiettes décorées sur le Marly de semis de fleurs.

88 — Quatre assiettes à décors variés.

89 — Théière décorée de roses et de couronnes de feuillage en or.

90 — Deux jardinières forme bateau, en blanc à filets dorés.

91 — Tasse et soucoupe décor à bouquets de roses et chifire en fleurs.

92 — Petit pot à couvercle et petit poëlon décorés de fleurs.

93 — Quatre petites tasses et leur soucoupe à décors variés.

94 — Deux tasses avec soucoupes, l'une à décor de roses et bandes bleues, l'autre à semis de roses et guirlandes de feuillage.

95-96 — Huit tasses avec soucoupes de différentes grandeurs, décor à semis de roses bordure dorée.

ANCIENNES PORCELAINES DE PARIS

97 — Paire de seaux en porcelaine à la Reine à semis de fleurs, bordure dorée et guirlandes fleuries.

98 — Ecuelle avec plateau et couvercle, décor quadrillé or et pointillé vert.

99 — Ravier en forme de coquille décor parbandes de fleurs, médaillon central à bouquet de roses.

100 — Plateau ovale à semis de roses, bordure à nœuds de rubans.

101 — Corbeille de milieu ajourée, supportée par deux femmes dorées agenouillées sur un coussin, socle à chimères sur fond d'or.

102 — Service à dessert en porcelaine à la Reine fond bleu fouetté
d'or, composé de :
Deux vases sur piédouches, anses à têtes de lions, 36 assiettes,
8 compotiers ou assiettes à gâteaux et deux sucriers.

103 — Pièces de surtout à trois étagères à bouquets de fleurs sur fond
blanc, tige centrale dorée à figures d'amours.

104 — Quatre corbeilles ajourées, dessin à flèches bordure à décor
barbeau.

105 — Paire de vases ovoïdes décorés en or sur fond blanc, posant sur
trois pieds à cariatides dorées.

106 — Service à dessert en porcelaine dorée à bandes rouges, décor à
fleurs composé de :
Deux pièces de surtout.
Quatre corbeilles ajourées.
Quatre compotiers sur piédouches.
Quatre compotiers en forme de coquilles.
Deux sucriers ronds et quarante-cinq assiettes.

107 — Deux jardinières, cache-pots sur socles mobiles, décor à figures
de femmes et paysages ; bandes jaunes à ornements.

108 — Plat ovale en porcelaine à la reine à bouquets de fleurs et chiffre
au centre.

109 — Jardinière à bordure ajourée, bande dorée et guirlandes de bleuets.

110 — Plat à barde en porcelaine de la Courtille, bordure à médaillons
et guirlandes de fleurs.

111 — Pot et cuvette fond vert et or, décorés de cygnes, guirlandes et couronnes. Ier Empire.

112 — Ecuelle avec plateau et couvercle, un pot à lait, décor à semis de fleurs, bordure dorée.

113 — Buire, décor à semis de fleurs et guirlandes, anse se terminant par une tête d'homme.

114 — Théière ovale, avec tasse et soucoupe à bordure gros bleu, ornements dorés.

115 — Théière, boîte à thé et quatre tasses avec soucoupes, décor à bandes jaunes, guirlandes de fleurs et filets dorés.

116 — Service à thé en porcelaine de Nast, décor à guirlandes de fleurs composé de : Une théière, un pot à lait, un sucrier, neuf tasses et dix soucoupes.

117 — Théière, tasse et soucoupe, décor doré avec chiffre en or et fleurs.

118 — Service à thé blanc et bleu à décor doré, composé de : Théière, cafetière, pot à lait, sucrier, bol, dix tasses et douze soucoupes.

119 — Petit solitaire à semis de fleurs et guirlandes de feuillages, composé de : Théière, sucrier, pot à crème, tasse et soucoupe.

120 — Sucrier, pot à crème, onze tasses et douze soucoupes en porcelaine de la Courtille, décor à rinceaux, médaillons et guirlandes de fleurs.

121 — Pot à eau et san bassin à semis de fleurs, bordure à entrelacs
et guirlandes dorées.

122 — Sept assiettes, décor à semis de fleurs.

123 — Quatre compotiers de même décor, bordure à entrelacs de fleurs
et de rubans.

124 — Douze assiettes décor à lambrequins; nœuds de rubans et guirlandes de fleurs.

125 — Cinq assiettes en porcelaine de Clignancourt, décor à semis de
fleurs et guirlandes.

126 — Quatre assiettes décorées de fleurs.

127 — Deux tasses avec soucoupes en porcelaine à la Reine, à semis de
fleurs, bordure à guirlandes.

128 — Sucrier, pot à crème, tasse et soucoupe en porcelaine de Nast,
décor fond violet à médaillons dorés Ier Empire.

129 — Deux sucriers en porcelaine à la Reine, décorés de bouquets de
fleurs et de guirlandes de feuillages.

130 — Bassin, décor à semis de fleurs, bordure feuillagée et enrubannée
en or.

131 — Jatte en porcelaine à la Reine à semis de fleurs et guirlandes de
bleuets.

132 — Plateau carré fond vert, médaillon à trophée guerrier.

133 — Plateau en porcelaine de la Courtille, décor central à bouquet de fleurs.

134 — Bourdaloue en porcelaine à la Reine. décor à lambrequins quadrillés et guirlandes de fleurs.

135 — Deux jardinières forme bateau, en même porcelaine à décor barbeau.

136 — Bourdaloue décoré de fleurs.

137 — Deux sucriers ovales sur piédouches en bleu et or à bouquets de fleurs.

138 — Cinq tasses et six soucoupes, décor à personnages et paysages.

139 — Six pots à eau et à lait à décors variés.

140 — Quatre verseuses à décors de fleurs et ornements dorés.

141 — Pot à lait et sucrier à semis de fleurs, bordure à médaillons et guirlandes.

142 — Cafetière ovoïde, médaillon à figure d'Orphée.

143 — Cinq tasses et cinq soucoupes à décors variés.

144 — Théière à anse mobile et sucrier sur plateau, décorés de fleurs.

145 — Sucrier et deux tasses avec soucoupes, décor à fleurs et feuillages intérieurs dorés.

146 — Deux encriers décorés de fleurs.

147 — Deux statuettes à têtes mobiles : Jeanne d'Arc et Jeanne Hachette.

148 — Deux supports de pots à crème à bouquets de fleurs.

149 — Deux compotiers forme coquilles, dessin en relief, décor à fleurs.

150 — Socle de pendule en porcelaine et biscuit.

151 — Solitaire à décor barbeau, plus un bol et un pot à anse.

152 — Six tasses, quatre soucoupes, un sucrier à décors variés.

PORCELAINES ET FAIENCES DIVERSES

153 — BERLIN. Pièce de milieu formée par un groupe d'enfants sur socle à décor d'amours et supportant une corbeille ajourée et marbrée.

154 — NIDERWILLER. Paire de vases sur piédouches, décor à grappes de
raisin et jets d'eau, anses à figures.

155 — NIDERWILLER. Pot à crème, sucrier, quatre tasses avec soucoupes
à semis de fleurs et guirlandes de bleuets.

156 — NIDERWILLER. Soupière avec couvercle et plateau décorés de
bouquets de roses.

157 — SAXE. Petite verseuse à décor d'amours en camaïeu violet, encadrements de fleurs.

158 — NYON. Cinq petites assiettes, décor à guirlandes de fleurs et
feuillages.

159 — SAXE. Deux petits groupes d'amours en ancien blanc.

160 — SAXE. Douze couteaux à manches en ancien blanc.

161 — BOISETTE. Tasse trembleuse avec soucoupe, décor à guirlandes
de fleurs et ornements dorés.

162 — CHINE. Bourdaloue décoré de fleurs et d'objets d'ameublement.

163 — CHINE. Théière, pot à crème, bol, deux tasses, une soucoupe,
un présentoir médaillons à paysages en camaïeu gris.

164 — Deux groupes en faïence blanche de Naples : la Cueillette du
raisin.

165 — Soupière avec couvercle en faïence d'Hocht forme Louis XV, décor en bleu et or.

166 — Deux statuettes en ancienne faïence. Vielleuse et Harangère.

167 — Soupière en faïence bleutée à bandes quadrillées et réserves de fleurs.

168 — Vingt-six pièces, service de poupée en faïence décorées de petits sujets.

169-170 — Douzes pièces diverses en porcelaine et faïence décorées.

NÉCESSAIRES. OBJETS DE VITRINE

VERRERIE, BOIS SCULPTÉS, TABLEAUX, GRAVURES, OBJETS DIVERS

171 — Boite ovale en or de couleur ciselé d'époque Louis XVI.

172 — Petit nécessaire de bureau en nacre. Epoque Louis XVI.

173 — Nécessaire de toilette en bois laqué jaune, bordure à ornements et médaillons en grisaille. Ier Empire.

174 — Nécessaire à parfums en cristal et argent dans un coffret en palissandre.

175 — Nécessaire à ouvrage en ambre sculpté dans un coffret en soie brochée. Epoque Ier Empire.

176 — Boîte à jeu en bois laqué, décorée de vases de fleurs.

177 — Miroir à main à double face, cadre rond en bronze ciselé et doré. Ier Empire, manche en nacre.

178 — Grande loupe montée en argent ciselé, manche en forme de palme.

179 — Bague en or chaton, fond bleu avec chiffre et entourage en roses. Époque Louis XVI.

180 — Paire de boucles de souliers en argent, ornées de pierres sur fond rouge.

181 — Loupe ovale, monture en argent dans un étui en nacre.

182 — Montre en argent, cadran émaillé et peint.

183 — Paire de rasoirs anglais, manches en nacre, garnitures en argent doré

184 — Etui en ivoire cerclé d'or et petit médaillon gouaché.

185 — Quatre boutons de tiroirs en porcelaine, décorés de vases en grisaille. Époque Louis XVI.

186 — Boîte Louis XVI en bois laqué et peint, étui à pans en nacre gravée. Liseuse en nacre et argent doré. Clef de montre Louis XVI garnie de strass.

187 — Service à liqueurs en métal argenté, garni de trois flacons et douze verres en cristal taillé.

188 — Service à punch en cristal taillé composé de : une coupe et onze verres, plus une cuiller en argent.

189 — Service composé d'un sucrier et deux flacons en cristal taillé garnis en argent dans un coffret en bois de thuya.

190 — Plateaux et coupe sur piédouche en ancien verre incolore, bordure dorée.

191 — Huit carafes ou carafons en cristal taillé et gravé.

192 — Deux vases en cristal taillé, dans un support en bois sculpté.

193 — Deux cariatides de femmes engaînées en bois sculpté et doré. Ier Empire

194 — Deux petites glaces, cadres sculptés Louis XVI avec médaillons en couleur.

195 — Paire de vases forme médicis en bois sculpté et ivoire, couvercles ajourés en bronze doré.

196 — Corbeille ovale en bois d'acajou, ajourée.

197 — Soufflet en marqueterie de bois à manivelle.

198 — Porte-montre en bois sculpté peint et doré à figure de guerrier. Epoque Louis XVI.

199 — Dessus de tabernacle en bois sculpté feuillagé, peint vert et or xviii° siècle.

200 — Support d'applique en bois sculpté, peint blanc et doré.

201 — Collier de cheval en bois sculpté à têtes de lions, garni en cuir.

202 — Petite psyché forme lyre en bois décoré Ier Empire.

203 — Couteau de chasse à lame gravée, poignée en bronze ciselé et nacre.

204 — Fusil de chasse à deux canons, à ornements en or, garnitures en argent provenant de la Vénerie impériale

205 — Porte-feuille en maroquin vert d'un général de division Ier Empire.

206 — Jeu composé de douze panneaux en deux parties formant écran, décorés de personnages, d'animaux, de fleurs, etc. Epoque Louis XVI.

207 — Deux jeux anciens.

208 — Discours du roi Louis XVI imprimé sur soie. Cette pièce est un des exemplaires remis aux représentants des Etats-Généraux.

209 — Reliure aux armes impériales.

210 — Sept étiquettes à vins en émail.

ÉCOLE FRANÇAISE

211 — *Petit paysage animé de figures avec mausolée.*

212 — *Portrait de femme en robe bleue et palatine de fourrure.*

213 — Gravure en couleur : *Bonaparte Ier Consul.* Cadre sculpté.

214 — Deux gravures en couleur : *Le Larcin d'amour et la ruse d'amour.* Cadres sculptés.

215 — Gravure en couleur, l'imitation de l'antique.

216 — Cinq pièces en couleurs : *Modes du temps de Louis XVI.*

217 — Deux petites gravures en couleur : *l'Eau et le feu.* Cadres Louis XVI à nœuds de rubans.

218 à 222 — Vingt pièces gravures encadrées.

223 — Lot de gravures en feuilles.

224 — Trois petits volumes almanachs des dames, pour les années 1812, 1817 et 1818.

TAPISSERIES

ÉTOFFES BRODÉES — TAPIS D'ORIENT

225 à 227 — Suite de trois Tapisseries dites verdures représentant :
La 1re un groupe de trois personnages dans un paysage animé
d'oiseaux. La 2e un gentilhomme et une grande dame écoutant un
joueur de flûte. La 3e un groupe de pèlerins dans un paysage boisé
avec animaux. Bordure à fleurs sur trois côtés.

228 — Tapisserie d'Aubusson décor de Pagode et de volatiles dans un
paysage, bordure à fleurs.

229-230 — Suite de deux Tapisseries de Bruxelles représentant, l'une
l'enlèvement des Sabines, l'autre le roi Saül sur son trône. Bordure
à fleurs et feuillages.

231 — Tapisserie à sujet de chasse dans un parc animé de nombreuses
figures d'animaux. Bordure à groupes de fruits, figures, mascarons
et oiseaux. Époque Henri II.

232 — Large bandeau représentant des groupes de personnages et des
animaux dans un paysage avec écusson central. Bordure à feuilles
d'acanthe.

233 — Tapisserie à figures de cavaliers et de guerriers traversant un
fleuve.

234 — Bandeau à figures d'enfants au milieu de fleurs et de feuillage.

235 — Trois morceaux de bordure.

236 — Chape en soie brochée fond jaune à bandes brochées à fleurs. Époque Louis XVI.

237 — Chasuble, deux dalmatiques et voile de Calice en satin blanc et soie verte brodée fleurs.

238 — Trois morceaux de soie Louis XV brochée à bouquets de fleurs sur fond crème, bordure à frange métallique.

239 — Nappe en toile brodée avec entredeux et bordure en guipure de Venise.

240 — Nappe d'autel en toile brodée.

241 — Petit tapis de table en velours jaune, décor imprimé à guirlandes de feuillage et médaillon à figure de muse. 1er Empire.

242 — Coupe de large bordure en brocatelle bleue, dessin à réserves de branches fleuries, ornements et feuillage.

243 — Lot de passementeries.

244 — Couvre-lit en ancien velours bleu brodé d'or. Travail portugais.

245 — Lot de tentures et lambrequins en velours rouge et broderies de la Renaissance.

246 — Deux rideaux en ancien damas.

247 — Tenture en ancien velours de Gênes.

248 — Panneau brodé fond rose. Travail ancien d'Orient.

249 — Tapis de prière ancien.

250 — Tapis d'Orient.

251 — Objets omis.

RED. :

23

graphicom

MIRE ISO N° 1
NF Z 43-007
AFNOR
Cedex 7 - 92080 PARIS LA-DEFENSE

0 1 2 3 4 5 6 7 8 9 10

www.ingramcontent.com/pod-product-compliance
Lightning Source LLC
LaVergne TN
LVHW021758060726
842528LV00003B/1016